너에게 하고픈 말

일러두기

보조 용언과 합성 명사의 띄어쓰기 등 본문의 맞춤법은 시인의 의도에 따랐습니다.

너에게 하고픈 말

위로와 공감,
그리고 희망에 관한
이야기

권지영 시 + 이선주 그림

단비청소년

시인의 말

《너에게 하고픈 말》은 위로와 공감, 그리고 희망을 담은 청소년 시집입니다. 청소년들, 그리고 청소년 같은 우리 모두에게 건네는 말이자 마음입니다. 가족이기도 하고, 이웃이기도 하고, 친구이기도 한 우리.

무엇이 되어 가는 과정에서 생각과 고민이 이어지고 마냥 멈추고 싶어 할 친구들에게 하염없는 위로를 건네고 싶습니다. 지금 그대로도 충분하다고, 괜찮다고, 너무 예쁘고, 멋있고, 아름답다고 말이지요. 그러니 더욱 자신을 사랑해 주자고요.

권지영

• 차례 •

2부 희망

3부 공감

4부 설렘

1부

·

위로

괜찮아, 나니까

새 학기마다 던져지는 질문
장래 희망

나는 뭐가 되고 싶지 않은데
꼭 뭐가 되어야 할까

아직까지 난
찾고 있는 중인데

아니,
아직 찾을 생각은 없는데
조금 더 내가 되어 보고 싶은데

나는
조금 더 내가 되어 보기로 한다.

장래 희망
나.

토닥토닥

힘내라는
한 마디 말보다

가끔은
치킨 먹자는 말이
더 좋은 건

마음에도
허기가 느껴지기 때문이다.

강가에서

아름다운 건
잊지 않아야 해.

강물에 반짝이는 윤슬,
반짝임 속을 솟아오르는 물고기,
물고기의 비늘에서 튕기는 물방울들.

아름다운 건
반짝반짝 빛이 나.

별처럼 멀리 있어도
눈에 보이지 않아도
빛은 가슴에 남거든.

찰방 찰방

풍덩!

물고기가 강물을 뚫고 오르는 소리처럼
아름다운 건 용기가 있어.
용기 있는 몸짓엔 힘찬 소리가 따르지.
온 힘을 모아서 하는 말과도 같아.

사랑한다는 말처럼,
보고 싶다는 말처럼
아름다운 건 마음에서 나오거든.

마음의 눈이 반짝 켜지고
불현듯 나타나는 첫눈 같아서
온 마음이 환해지거든.

늦은 건 없다

아직 시작하지 않았어도
늦지 않았다고 말해 주세요.

이르지 않더라도
늦은 건 없다고

내가 가는 길에
연습 없는 걸음

천천히
걸어갈 수 있게
말해 주세요.

참무

땅속에서 쑥쑥 몸을 키우는 무

추울수록 뿌리가 길어진다고
싱싱하게 잘 자란 무 한 입 베어 물며
참 달다, 달아!
쓱 입을 닦으시는 할머니

단단히 잘 컸다고,
쓰으윽 쓱
무의 얼굴을 닦아 주신다.

진실 되게 살아온 무라고
마냥 칭찬을 하신다.

내 머릿속은 수채화

미술 시간에
그리다 만 수채화

풍경을 그리려다
풍경이 되어 간다.

잘 보는 게
가장 중요하다는데

창밖 풍경들에
빼곡히 들어찼던 머릿속이
하얀 도화지가 된다.

가끔은
아무것도 아닌 채로
마냥 풍경인 채로 있어도 좋은 시간

마음속에 풍경을 들인다.

나의 가치

나도
생각이 있어요.

아직
준비 중인 걸요.

그러니
조금만, 조금만 더
참아 주세요.

기다리는 일은
가치 있는 일이잖아요.

내가 나일 수 있게
내가 바로 설 수 있게
같이 가는 거니까요.

한 마디

한밤중
야간 근무 나가시는 아버지의
한 마디

시작이 늦은 건 중요하지 않아.
포기하지 않는 마음이 중요한 거야.

긍정 파워

하기 싫은 것 말고
하고 싶은 것으로

속상한 것 말고
좋았던 것으로

섭섭한 마음 말고
보고픈 마음으로

달리 생각하면
다행이고 감사한 하루지.

모두가 고맙고
소중해지는 비결이지.

엄마도 힘들면

엄마는 항상
나를 모른다고 생각했어요.

엄마,
엄마도 힘들면
울어도 돼요.

나도 잘 못하지만
내게 안겨요.

나도 힘들면
엄마한테 안길게요.

크리스마스카드

아버지의 등을
꼭 안아 드리고 싶었다.

"힘내세요"
"고맙습니다"
"사랑합니다"

내가 품고 있는 그 말들이 닿지 못하고
아직 내 속에서 웅얼대고 있다.
아버지도 나처럼 뭔가 품고 있을까.

재미없는 말들로
크게 웃으시던 아버지 얼굴

"술은 조금만 드시고
 밥 많이 드세요.
 아버지가 계셔서 든든해요.
 메리 크리스마스!"

울지 않아도 괜찮아

처음 좋아해 보는 아이
웃을 때 하얀 이가 반짝반짝
눈망울도 빛나는 아이

그 아이가 전해 준 쪽지에는
내 친구 이름이 적혀 있다.

그래,
네가 행복하다면
난 웃을 수 있어.

나도 지금처럼
너를 볼 수 있으면
그걸로 됐어.

아직
울지 않아도 되니까.

세상에서 가장 슬픈 별

이 별에선 이젠 못 본대.
별별 짓 다해도 그럴 수 없대.

이제는 내 눈 속에
별처럼 박혀 버렸어.

이런 마음이 오래도록
별이 된대.

잎 세상에서 가장 슬픈
별, 너와의 이별

돌덩이

돌도 삼킬 수 있다고 하지만
돌보다 더한
묵직한 말 한 마디가
어딘가에 얹혀 쉬 내려가지 않는다.

돌보다 거대한 말이
점점 내 속에서 덩어리를 키워 간다.

하지만
내가 가둔 말이니
내가 보내 줄게.

망치로 쾅쾅 부셔서
쪼개 버릴게.

그래도 남아 있다면
내 맘속에서 훨훨 내보내 줄게.

말 한 마디로
나를 가둘 수는 없어.

꿈속에서

꿈속에서 자주 길을 잃는다.
낯선 여행지에서 길을 헤매거나
철길 옆에 서 있거나
함께 있던 가족을 잃어버린다.

꿈속에서 자주 엄마가 죽는다.
울다가 깨어 계속 운다.
이제는 꿈속보다 커 버린 나를
한없이 울게 내버려 둔다.

혼자 울다가 꿈인 걸 알고
다시 잠들기까지
어둠은 길을 잃지 않게
다시 나를 덮어 준다.

푸른 돌고래

너의 숨소리는 바다의 소리,
너의 등에 올라타서
세상을 볼래!

나는 가시 없는 너의 등에서
잠을 자고
파릇한 너는
잠자는 파도를 단번에 깨우지.

푸-
푸-
풍덩!

지루한 수학 시간
푸른 칠판 너머 물살을 가르는
너의 유영은 나의 자유.

하염없는 위로

그 말을 듣는데
눈물이 나는 거야.

내 맘속에 돋아난
뾰족뾰족한 가시가 다 허물어졌어.

토닥토닥, 괜찮아!
지금 넌 충분해.

너의 그 말에
정말 괜찮아졌어.
충분해졌어!

가만히 두드린 말 한 마디가
하염없는 위로가 됐어.

초록의 힘

밟혀도
다시 일어나기

쓰러져도
다시 일어서기

오늘은 비가 오지만
내일은 해가 뜨니까

차가운 바람에 숨죽이고
뜨거운 볕에 지지 않으며
다시 깨어나
오늘을 살자.

뜨거운 가슴
차가운 머리로
다시 일어나
싱그러움을 채우자.

오늘은
나의 또
새로운 날이니까.

2부

·

희망

봄

남쪽에서 날아온
제비꽃 하나

보도블록 사이에서
쑤욱
쑥

봄날이
솟는다.

유리창

유리창을 닦으며
마음을 닦는다.

먼 하늘과
하얀 구름과
살랑대는 나뭇잎을
찰칵 찰칵 찍으며
마음에 들인다.

가슴 한 편에
맑은 마음 한 장
새겨 놓는다.

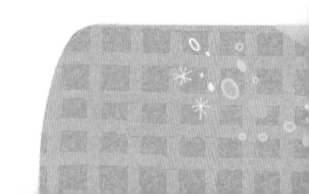

가을

노랗고 노란
모과 한 알

햇빛이
꽉 들어찼다.

손에 올려다놓고
가만히 보니

노랗고 노란
가을볕이
내 안으로
환하게,

환하게 들어찬다.

빛나는 나

어디든 갈 수 있어.
길이 바뀌기도 하지.

아직은
어디로 갈지,
뭐가 될지 모르지만

분명한 건
어디서든 반짝반짝
빛나는 나라는걸!

아버지의 뒷모습

종일 택배 상자를 나르고
트럭보다 무거워진 어깨로 들어오는 아버지

고단한 웃음 뒤로
느리게 흔들리는 넓은 등이 있다.

아빠,
힘내세요.
마음속으로 매일 기도하고
또 기도해요.

지금 우리 이대로
오래도록 안녕하기만을.

아빠의 등은 덜컹대지 않아요.
나르고 날라도 내일은 오니까요.

조아키노 로시니*

열둘에 소나타를 작곡하고
열여덟에 오페라 작곡가가 된 로시니
세상에서 음악이 제일 쉬웠다며
맛집 다니고 요리하는 걸 더 좋아한 음악가

자기 이름을 붙인 음악과
자기 이름의 요리와 요리책이 있는 요리사
하고픈 걸 다 하고
먹고픈 걸 다 먹어 봤을 로시니

음악과 요리는
자유로운 영혼만이 할 수 있는 일 같아서
위대한 예술을 위한 포기할 수 없는 자유란
온 감각이 감정과 만나 이루어 내는 일이 아닐까.

조아키노 루시니 〈빌헬름 텔 서곡〉으로 유명한 이탈리아 작곡가(1792~1868).

별

밤하늘 올려다보며
별자리를 찾다보면
어느새 우주 속으로
깊숙이 들어가 하나의 별이 된다.

머나먼 별처럼
작고 작은 별이 되는 나

캄캄한 우주에서
리듬을 타고
랩을 부르며
춤을 추는
떠오르는 스타!

담장을 넘다

학교 담장에 살던 담쟁이는
아침마다 보아 온 거미처럼
벽면을 짚고 나아간다.

끝이라고 오른
그 순간
담장 위에 갇혀 있던 하늘이
끝없이 내달린다.

거리의 키 큰 나무들을 향해
아래로, 아래로
다시 나아간다.

도심의 밀림 속으로
차츰 차츰 스며든다.

지구의 구석에서
도심의 밀림 속으로.

촛불

바람이 스칠 때마다
위태로운 촛불이 아닌

바람 앞에 흔들릴지라도
꺼지지 않는 촛불이 되려면

심지를 굳게
더 깊이 세워야지.

흔들림조차도
유연한 파도로 여기며

꺼져도 다시 살아나는
촛불이 되어야지.

노을 지는 마음

푹 꺼진 방석에
가만히 눌러 놓은 마음들이 묵직하다.

시간은 훌쩍
먼 산 너머로 한참을 가 버리고

푹 꺼진 마음에
노을이 진다.

내 꿈은
어느 빛깔로 물들어 가고 있을까.

해바라기가 있는 길

내게 주어진 하루
얼마나 빛이 나는지
얼마나 아름다운지

눈을 크게 뜰 거야.
오늘은 어제보다
더 신나는 날이 될 거야.

흐린 날에도 피어 있는
해바라기를 보며 외쳐 본다.
오늘도 파이팅!

내일은
눈부신 태양이 뜰 거야.

내일은
더 좋은 날이 될 거야.
꼭 그럴 거야.

쉼, 표

여름 한낮
나무 그늘 아래
바람이 분다.

바람은
나무를 읽으려고
숨을 들이마셨다가
내쉬었다가
다시 가만히 들여다본다.

바람의 호흡이
나무 아래
한 자락 낮잠을 불러오고

나뭇잎들이
사이, 사이
쉼표를 찍는다.

나무의 일

나무는
계절이 바뀌는 걸 온몸으로 알고 있다.

새들이
앉았다 가는 동안에도

비에
흠뻑 젖는 시간에도

매서운 바람에
휩싸일 때에도

자신을 내어놓고
기다릴 줄 안다.

흔들리더라도
휘어지지 않기 위해

부서지더라도

뽑히지 않기 위해
한 자리에서
자신을 지키며 서 있다.

언젠가는
비바람이 그칠 걸 알고
있는 그대로를 받아들이며
여행하듯 계절을 살아간다.

난층운 아래

짙은 회색의 구름이 잔뜩 내려왔다.
묵직하고 장엄한 솜이불이 대기를 덮더니
초록이 우거진 산속으로 우주선을 내렸다.
우주선에서 나온 빛은 사슴의 뿔을 세우고
노루의 뒤꿈치를 세우고
옹달샘을 찾아가는 토끼의 귀를 세웠다.
가지마다 새끼들을
하나씩 하나씩 키워 내고
굵은 빗방울을 골고루 적셨다.

산 너머에는
아이 하나가 먹구름을 올려다보며
발을 세운 채 걷고 있다.

진화의 시간

진화되려면 무엇이 필요한지 아니?

더 작아지고 작아져야 해.
그래서 잘 감춰져야 해.
그러려면
커다란 몸을 줄이고
무거운 무게도 줄여야 해.

바람이 되어야 해.
햇빛에서도 부끄럽지 않고
빈 들녘에서 자유로워야 해.
눈에 보이지 않게
한순간 허물어지는 거야.
우리는 모두 진화되어 가고 있어.

소리를 먹고
향기도 없이
가벼워져야 해.
기억만을 간직할 수가 있어.

하얗게 떠돌다가 까만 우주 속으로
결국 돌아가는 거니까.

작아지고 작아진다니
얼마나 신기해?
한없이 작다는 건
상상도 못 할 신나는 일이야.

박사마을

우리 동네는 박사마을.
서울대 나온 원희 아빠 말고도
박사가 수두룩하대.
그래서 동네 이름도 박사마을이래.

대학 가고
석사 하고
박사 하고
공부를 그렇게 많이 했대.

지금 원희 아빠는 치킨집을 하고
원희 아빠보다 더 공부 많이 한
상수 아빠, 경숙이 아빠, 지호 아빠, 주희 아빠, 민규 아빠
그리고 다른 박사 아빠들은 공부를 너무 많이 해서
지금은 아무것도 안 하고 있대.

대학 못 나온 우리 아빤
카센터에서 일하지만
대학은 선택이래.
박사보다 자주 밥 사는 아빠가 더 인기래.

등걸

먼 길 걷다가 만나는
등걸은
누구에게나
좋은 쉼터가 된다.

나도 누군가에게
그런 자리
되어 줄 수 있을까.

언제 봐도 편안하고
쉬어 갈 수 있는
그런 사람이.

그래도 살아

오늘이라는 섬에서
바다로 나아가는 너.
말하지 못한 마음이
몸속에 그렁그렁 울음으로 차오른 너.

눈부신 태양이 떠오른 날에도
큰 파랑에 넘실거리는 배가 되어
햇살 속으로 사라져 버리려는 너.

먼지가 되거나
어디로든 너의 몸을 던질 수 있지.
그래도 있잖아,
오늘을 살아 봐.
아직 못다 핀 꽃처럼
아주 조금만 고개를 들어 봐.
거칠고 외진 곳에 핀 꽃들보다
자유로운 너를 돌아 봐.

바닥까지 가 닿은 모든 것들을
물속으로 내던지고
지금을 살아.

너를 버리는 건
한순간이지만
너를 살리는 것도
한순간이야.

지금도, 오늘도
내일이라는 꽃은
아직 피지 않았거든.

3부

·

공감

어디에도 없는 날

누구라도 좋으니
아무라도 불러 보고 싶어.
카톡에 이름들을 훑어 내려가다가
결국 누구 하나 쉬 부를 수 없는 날이 있다.

덩그러니 서 있는 우체통처럼
빈 가슴으로 서성이며 걷게 되는 날

내 안에서 갈피를 잡지 못하는 걸음으로
혼자서 온 거리를 활보하는 마음이 된다.

어떤 곳으로든 갈 수 없어
공허한 바람만 가득 채우면서
어디에도 없는 내가 된다.

피치카토* 반주

부드러운 멜로디 속에
튕겨져 나오듯

가느다란 현으로
툭
음표를 내뱉는다.

비슷할 것 같아도
전혀 다른 나와 너

세상이라는 거대한 리듬 속에서
툭툭
풍등처럼 떠오른다.

피치카토 손으로 현을 퉁기거나 뜯는 방식으로 연주하는 주법.

깊은 밤

한밤중의 오토바이
폭주 소리
갑작스런 자동차
경적 소리

문득 모든 것들이
다
그러려니 여겨지는 밤

내 깊은 곳에서
끄집어낸 소리가
달려가는 것 같은

바다

가끔
내가 원하지 않는 방향으로 흘러가
바다에 홀로 떠 있는 것 같아.

아무리 말해도
혼자인 것 같을 때
가라앉은 섬이 되기도 해.

아무에게도
말할 수 없을 때는
떠내려가는 배가 되기도 해.

세상이라는
거대한 바다에서.

거름

주말이면 밭에 가는 우리 아버지
도닥도닥 흙 밟으며 하시는 말씀

거름 중에 제일 좋은 거름이 뭔 줄 아냐?
바로 발걸음이여.

그러면 나도
숟가락으로 밥을 먹듯이
꼬박꼬박 입속으로 밥을 넣듯이
흙을 꼬박꼬박 밟는다.

사춘기

콜라와 커피는
아이와 어른 사이

하루의 기분은
맑음에서 먹구름 사이

보글보글 기포가
다 사라지기 전에

향긋한 커피가
다 식기 전에

한 모금
입안에 머금어 보는
사춘기라는 말

재주꾼 래퍼

래퍼가 꿈인 승우는 아침부터
줄줄이 랩이 쏟아진다.

어깨에 두른 팔 사이로
스멀스멀 귓가를 휘감는 노래

길가에 돌멩이부터
어려운 수학 공식까지
승우의 입에서 굴렁굴렁
순식간 달려 나간다.

수업 시간 선생님 질문엔
스르르르 가라앉아
자물쇠 잠근 입이 되는
승우의 근엄한 재주!

라스코 동굴 벽화

네 명의 소년이 우연히 동굴 안에 들어갔지.
천장 가득 이어지는 그림들에는
수많은 동물들이 떼로 몰려가고 있었지.
소년들은 소 떼들을 올려다보며
소원을 빌었지.

커다란 황소 뿔을 주세요.
황소의 등에서 바람을 가르고 싶어요.
부족 사람들에게 바람의 노래를 들려주세요.
모닥불 앞에서 그 애의 손을 잡고 싶어요.

천장에서 내려온 동물들이
우당탕탕 소리를 낸다.
쉬는 시간 종소리에 맞춰
왁자지껄 몰려드는 소년들
복도가 한바탕 동굴이 된다.
머지않아 도래할 오랜 시간
원시적 바람이 벽화로 스민다.

양파의 마음

단단히 오므리고 있었지.
겉으로 보기엔 아무도 몰라.
그 속이 어떤지.

감춰 둔 비밀 드러날까 봐
톡 쏘는 눈물을 보여 줄지도.

꽉 다문 입술 사이로
한숨이 터져 나오는 날도 있지.
어느새 눈물이
시야를 가릴 때도 있으니.

칭찬

부모님 칭찬하기가 숙제라니.

오글거리는 내 입술과는 다르게
함박 웃는 엄마, 아빠.

돈 한 푼 안 드는
말 한 마디가
뭐가 그리 어려웠는지

그 뻔하고 흔한 말들을
왜 못 하고 살았는지
쑥스러운 내 얼굴.

아실까

엄마가 나에 대해 아는 건
나의 십 분의 일 정도라는 걸

내가 공부하기 싫은 이유가
하려고 하면 다그치기 때문이라는 걸

엄마의 한숨이
나를 더 힘들게 한다는 걸

그래도 내가 아플 땐
엄마밖에 없다는 걸

엄마의 칭찬이
나를 더 힘나게 한다는 걸.

비상 지구

기후 변화로
상승되는 해수면

지구촌 어디선가
농토가 덮이고
집이 잠긴다.

지구가 달궈지고
빙하는 줄어들고
바다는 점점 넓어져 간다.

사람들은 오늘도 뭔가를 만들고
뭔가를 돌리고 뭔가를 버린다.

공장 굴뚝에선 알 수 없는 기체들이 나오고
수돗물에선 빨간색 물과 녹물이 나오고
폐수들은 콸콸콸콸 바다로 간다.

우리의 지구는
오늘도 몸살 중이다.

잠시만

책 읽을 시간이 없어요.
게임은 매일 한 시간.

시간이 없어요.
숙제가 많거든요.

한 달째 똑같은 책,
방 정리는 나중에 할게요.

언젠간 읽을게요.
더 자고 싶어요.

그냥
시간이 없어요.

잠시만
내버려 둬 주세요.

내 속에 쌓인 눈이 녹아서
다 사그라질 때까지만요.
툭툭 혼자서
털고 일어날 때까지만요.

오, 신이시여!

소풍 갈 땐
태양의 신
아폴론

그 애를 만날 땐
사랑의 신
큐피드

나가서 발표할 땐
언어의 신
카산드라

시험 기간엔
공부의 신
족집게 도사님

모두 모두
저를 굽어 살펴
주시옵소서!

바람 부는 내 마음

나무를 흔드는 건
바람이다.

나뭇잎
나뭇가지
나무
점점 세게 부는 바람에
나무가 휜다.

나를 흔드는 건
PC방
웃긴 동영상
게임 영상

점점 세게 부는 바람에
갈팡질팡한다.

뿌리가 튼튼한 나무는
뽑히지 않겠지.

대서양을 건너온 바람이
나무를 간질인다.

너 알아?

세상이 왜 이래?
ㅋㅋ ㅠㅠ
이렇게 화창한 날에
왜 항상 시험 기간이냐.
ㅋㅋ ㅠㅠ
시험 끝나고 뭐 할까?
ㅋㅋ ㅠㅠ
그땐 꽃도 다 질 텐데
ㅋㅋ ㅠㅠ
우리가 뭐 할머니냐?
ㅋㅋ ㅋㅋ
바다나 보러 가자.
ㅋㅋ ㅠㅠ
사진이나 실컷 찍지.
ㅋㅋ ㅠㅠ
아무 데나 다 좋아.
ㅋㅋ ㅠㅠ
ㅇㅇ
ㅇㅋ

근데 시험 범위가 뭐야?

ㅋㅋ ㅜㅜ

나도 몰라.

ㅋㅋ ㅜㅜ

매향리에 가면

화성시 매향리 바닷가 마을에 가 보았니?
녹이 슨 포탄 껍질이 쓸모를 다한 채 쌓여 있어.

바다와 갯벌에서 건져 올린 포탄은
미군이 쏘아대던 전투기에서 마을 앞바다를 향해 날았지.
사람들이 사는 마을 위로, 사람들의 머리 위로 쌩쌩 날아다녔지.

날마다 굉음을 내며
소리에 겁먹은 여자들과 아이들과 노인들의 가슴을 찢어낼 듯
날아다녔지. 고막을 움켜쥐고 온몸을 꼭 감싸 안게 했지.

매화 향기 가득한 마을이 빨간 깃발 오르는 전쟁터가 되고
사람들은 하나둘씩 미쳐 가고 죽어 갔지.

잃어버린 땅에서는 파란 싹이 사라지고
푸른 청춘이 모두 도망갔지.

뚝뚝 흘린 녹물이 수십 년이 지난 후에야 마르기 시작했지.
상처를 씻기 시작한 매향리의 봄,

뭉크의 '절규'

밥도 꼬박꼬박 먹고
누워서 뒹굴뒹굴하긴 했는데
벌써 저녁이라고?

이 밤이 지나고 나면
내일이 월요일이라고?
수행 평가가 세 개나 된다고?
거기다 발표까지 있다고?
"악!"

개학하고 새 친구들과 이제 적응됐는데
다음 주가 기말이라니,
전 과목에 전 범위가 다 시험 범위라고?
평상시에 알려 줬던 것들 잘 보라고?
"으아악!"

한 것도 없는데
어느새 붉게 타들어 간 하늘에선
외마디 비명소리뿐.

참는 법을 잊기 전에

남극에는 꽃이 피고
크릴을 먹는 펭귄은 먹을 게 없대요.
북극에는 빙하가 녹고
물고기를 잡는 북극곰은 먹을 게 없대요.

육지에 사는 우리는
고기를 먹고 야채도 먹지요.
우리가 고기를 덜 먹으면
지구 온난화를 80프로 늦춘대요.

우리가 좀 참지 않으면
우리 스스로 지구를 먹어치우는 거지요.

참는 법을 잊기 전에
조금만 참아요.

4부

·

설렘

거울

거울을 보는데
너의 웃는 눈이 생각나서
내 눈이 웃는다.

살포시 웃는
너의 입이 떠올라서
내 입도 웃는다.

거울을 보는데
자꾸 너만 보인다.

거울을 보지 않아도
너만 보인다.

우주의 시간

지구가 태양을 도는 데 1년
화성은 2년
수성은 88일이 걸린다.

그러니까
화성에선 나이를 덜 먹고
수성에선 나이를 네 배 더 먹는다.

지구의 백 세 시대는
화성에선 오십 살
수성에선 사백 살

수명이 줄고 느는 건 시간문제지만
너와의 시간은
어딜 가나 변하지 않는다.
하루가 바뀌고
계절이 바뀌고
돌고 돌아도
항상 난 네 옆이니까.
오래도록 함께할 테니까.

다시, 봄

찬바람 사이로
꽃망울이 오르나 봄

길가에 어느새
작은 꽃들이 하나둘 피나 봄

작년에도
저 자리에 피었나 봄

새 학년은 언제나
설레나 봄

준비 없이도
새로 시작하기 좋은 봄

내 마음에
네가 훅 들어오는 봄

이제부터 난
언제나 봄!

너를 만나

너를 만난 건 기적이야.
특별한 너와 나의 시간들이
오래도록 이어지기를
날마다 기도해.

고마워.
사랑하고 사랑받는 기쁨을
내게 주어서.

너를 만나 행복해.
날마다
조금 더 사랑해.
날마다 행복해.

대나무 숲

태화강 옆 대나무 숲에서
누군가 편지를 쓰나보다.

사락사락
사락사락

바람이 넌지시
댓잎의 문장들을
강물에 실어 나른다.

들췄다 내린 말들이
푸른 잉크에 흐른다.

밤의 교실

너른 밤의 교실에서
별들이 초롱초롱 빛나는 건
보고픈 마음
다 말할 수 없어서
기다리는 마음
다 보여 줄 수 없어서일 거야.

아득한 거리만큼
깜빡 깜빡
소리 대신 빛으로
전하는 마음일 거야.

내 가슴에도 별이
반짝이고 있거든.
오직 하나인
나의 별.

논술 문제

문제는 단 두 줄인데
한 바닥을 쓰라니!

빈칸을 보는 순간
새하얗게 표백되는 머릿속

밤새 외운 족집게 정답이
감쪽같이 사라지고
온통 여백뿐인 답안지에서
시베리아 벌판의 바람이 인다.

너에게 하고픈 말은
해도 해도 모자란데

답안지에 적어야 할 말은
왜 전혀 떠오르지 않는지

아무래도 난
너에게만 빼곡하게 최적화되었나 봐.

네가 하는 모든 말들

네가 하는 모든 행동

외우지 않아도 각인된 너의 모든 것들.

그 어떤 길이라도

구불구불한 길
한참 오르면 힘이 들지만
쭉 뻗은 길만 걸으면 재미가 없잖아.

언제 다다를지 모르는
아득한 길이지만
가도 가도 끝없이 너만 생각할 수 있잖아.

진흙탕길, 비바람 몰아치는 길,
땡볕 쏟아지는 길,
길이 아닌 길이라도
묵묵히 버티며 갈 수 있는 건

그 어떤 길이라도
너에게 가는 길이기 때문이야.

첫사랑 기억

내 첫사랑 오빠는 옆집에 사는
옆모습만 주로 본 오빠

가방을 메고 집을 나서는 모습이라도 보이면
창문 뒤로 숨어 괜스레 콩닥거리는 마음하고만 이야기하던 나

말 한 마디 못 해 본 채
어느 날부턴가 보이지 않던 옆집 오빠

시작도 못 한 열다섯 살에
끝내 시작점에서만 설레다
첫사랑이란 말을 어렴풋 가져가 버린 옆집 오빠

너에게

오늘 하루
네가 있어서.

오늘 이 시간
네가 있어서.

매 순간이
축복이고 기적이야.

네가 있어서,
너와 함께여서.

오늘이라는 하루가
지금이라는 시간이
너무나 소중해.

기다리는 시간

인연이라면 언제 어디서든
다시 만난다고 했지.

너를 만난 이후
다시 너를 만나기 위해
네가 사는 동네를 찾아가곤 했어.
우연히라도 마주치길 원했지만
봄날의 꽃잎처럼 우리의 연은
순식간 흩날려 날아간 것일까.
새로 돋는 연둣빛 잎사귀들이 무성해지도록
너를 기다리고 있어.

우리 다시 만날 그날을 위해
싱그러운 잎으로 만나기 위해
바람이 불고 비가 내려도
나무가 되어 한자리에서
난 오늘도 기다려.

함부로

이 세상에 함부로 할 수 있는 게 있을까
아침에 일어나서부터
집을 나서고
누군가를 만나고
집으로 돌아와 잠을 자는 순간까지도
함부로 할 수 있는 날이 있나
함부로 할 수 있는 사람이 있나

비 오는 날
빗방울 하나에도 함부로 할 수 없는 일

망설이고 돌아가도
마음 한 귀퉁이에 새겨 놓는다.

어떤 말이든
어떤 마음이든
함부로 할 수 있나
모든 것이 다 감사인 오늘

나의 노래

내가 좋아하는 노래는
너를 위해 부르는 노래

너의 눈빛이 음표가 되어
너를 닮은 노래가 되지.

귓가에 울리는
너의 목소리와 너의 웃음들
나를 울리는 너의 눈물
너만을 향한 나의 사랑을 담아

오직
네가 있어
노래가 되는 나

나는

나는 늦잠꾸러기
자도 자도 더 자고 싶은 잠꾸러기

나는 먹보
세상엔 맛있는 게 너무 많아.

나는 굼벵이
뭘 해도 느리고 느려.

하지만
나는
그냥 나

달려가도
걸어가도
변하지 않는 나

그런 내게도
꿈은 있지.

나를 일어서게 하고
나를 움직이게 하는 힘.

그게 바로
너라는 사실.

너를 생각하면 (왈츠)

이른 아침 들려오는 새소리에 눈을 떠.
초록을 타고 흐르는 맑은 소리에 너를 떠올려.

머리칼을 날리는 바람이
발걸음을 가볍게 해.
나의 하루를 싱그럽게 열어 주는
너라는 바람.

자꾸 웃음이 나. 너를 생각하면.
너의 표정 하나하나에
나는 행복해져.

언제부터였을까
내 마음속에 살고 있는 너.

너의 얼굴이, 너의 표정이, 너의 목소리가
종일 나를 따라와. 어디든 따라와.

거리에 바삐 걷는 사람들 사이로
나는 흘러가듯 걸어가.

너를 생각하면 네가 보고 싶고
너를 생각하면 나는 행복해져.

너와 함께

어디에 있든
무엇을 하든
너와 함께하고 싶어.
어디를 가든
누구와 있든
네 곁에만 있고 싶어.
너만 생각하는 바보처럼
너를 향한 나의 마음
너를 떠올리면 언제나 웃게 돼.

반짝이는 너의 눈빛
빠져드는 내 마음
언제나 빛나는 너에게
사랑한다 말할까.
어디에 있든
무엇을 하든
언제나 좋은 너와 함께

어디를 가든
너와 함께라면
그 어디라도 좋아.

너와 함께

권지영 작사 목선철 작곡

언 제 나 좋 은 너 와 함 께

D.S. al Fine

어 디 를 가 든 너 와 함 께 라 면

그 어 디 라 도 좋 아

그 어 디 라 도 좋 아

에필로그

   내가 알지 못하는 곳들을 그리며 그 시간들을 살았다. 지도를 펼쳐 손가락으로 짚고 동그라미를 그리곤 했다. 외국어를 배우면서 먼 나라들로 가는 꿈을 꾸었다. 지도에 있는 나라들이 궁금했다. 지도를 보고 읽는 건 나의 취미 생활이었다. 아직까지 그 꿈이 나아가진 못했으나 여전히 꿈꿀 수 있다.

   요즘은 하늘 풍경이 큰 위로가 된다. 저녁놀이 질 무렵 길을 걷는 걸 좋아하지만, 아름다운 풍경은 하늘에서도 낮은 길가에서도 펼쳐진다. 오늘 나는 얼마나 하늘을 보았던가, 오늘 구름은 어떤 모습이었던가, 공원에는 망초꽃이 얼마나 더 키를 세웠던가. 사람에게 받은 상처와 일로 인한 스트레스가 순식간 사라지는 시간이다. 나는 세상의 풍경을 사랑한다.

풍경보다 친구가 좋고, 가족보다 친구가 좋고, 공부보다 친구랑 보
내는 게 더 좋았던 시간들. 도서관에서 공부하다 말고 기차역이나 버
스 터미널로 가서 잠깐의 일탈을 행하곤 했다. 나의 단짝 친구는 피아
노를 칠 줄 알았고 가수 '신해철'을 닮아 '신해순'으로 불렸다. 그런 탓
에 툭하면 나가서 노래를 불러야 했다. 친구 집에 가면 피아노가 있고
할머니가 계시고 우리 집에는 없는 반찬이 있었고 친구 방이 있었다.
그래서 자연적으로 그 친구 집에서 자주 놀았고 우리는 이따금씩 가
까운 지방으로 여행을 다녔다. 지금 그 친구, 도경이는 포항에 살고 자
기를 똑 닮은 딸아이가 하나 있다. 서태지와 아이들을 좋아했던 은진
이는 지금 심리 상담을 하며 다른 사람들의 이야기를 들어주는 일을
한다. 여러 명이서 같이 떼창을 하며 거리를 걸었던 모습이 눈에 선하
다. 맨 앞줄에 앉아 아침마다 풀칠로 쌍꺼풀을 만들던 자경이, 내 눈이
예쁘다고 말한 미란이, 늘 사람들의 시선을 끌던 더벅머리 미숙이, 성
적이 안 되는데도 마음대로 원서를 쓰곤 미달로 운 좋게 영문과를 간
승연이와 외모에만 신경 쓰면서도 신기하게 법대에 간 희영이. 모두
잘살고 있는지.

지금도 돌아가고픈 시간들, 10대. 유년 시절 친척 집들로 돌려지며
자라야 했던 때와는 달리 집에서 학교를 다닐 수 있어 안온했다. 바
쁜 부모님은 가진 재산을 다 날리고 늘 고생을 하셨다. 여러 번 이사
를 다니는 것쯤은 아무것도 아니었다. 집에서 학교를 다닐 수 있고 버
스를 타고 친구 집에 갈 수 있었으며 더 어릴 때, 유일하게 있던 주산

학원에 다닐 수 있었던 것은 축복이었다. 당시 서울에서 온 주산 학원 선생님들은 너무나 자상했고 다정했고 그땐 몰랐지만 엄청나게 잘 생겼었다. 잦은 이벤트와 주말의 놀이와 전국의 대회를 데리고 다니시며 내겐 학원비도 안 받으셨던 원장님과 선생님들, 모두 안녕하실까.

영어나 수학 학원을 다니거나, 과외 한 번 받아 보지 못했지만 그런 것쯤은 아쉽지 않았다. 하지만 피아노 학원이나 미술 학원에 다닌 아이들이 어른이 되고 나서 부러웠다. 왜 우리 엄마는 피아노나 그림을 배우게 하지 않았을까. 물론 우리 동네에는 피아노 학원이나 미술 학원이 없었다. 지금은 동네에 피아노 학원과 미술 학원이 몇 개씩 있지만 배우는 게 쉽지 않다. 나이가 든다는 건 배움에서도 두려움이 그만큼 더해지는 일이 되어 버렸다.

바쁘고 힘든 엄마와 아빠는 막내인 나를 많이 챙겨 주진 못하셨다. 매일 쳇바퀴 돌 듯 노동 현장에서 일하셨고, 나는 언니 오빠 틈에서 조용히 밥을 먹고 조용히 나갔다가 조용히 들어왔다. 대신, 학교에 가면 신이 났다. 야자까지 하지만 지겹지 않았다. 짧은 커트 머리에 교복 치마 밑에는 체육복 바지를 입고 책상 위를 뛰어다녔다. 담임 선생님은 엄하셨고 국어 선생님은 공부 잘하는 아이에게만 다정했고 어깨에 슬쩍 얹는 손이 부담스러웠다. 삐쩍 마른 수학 선생님은 늘 까만 양복을 입고 평소에 웃는 얼굴을 보여 주지 않는 건조 그 자체셨다. 심지어 대학 원서를 쓸 때는 평균 50점 밑으로 하향 지원을 강압적으로 권하셨다. 난 결국 그 학교를 가지 않았지만 우리 반은 전원 백프로의

합격률을 내놓았다.

처음 생긴 학교 도서관과 과학실을 좋아하던 나는 꿈이 아주 많았던 초등학생이었고 중학생과 고등학생을 지나며 어린 시절의 호기심이 먼 곳으로의 떠남으로 이어졌다. 고단한 부모님의 일상과 결핍은 내게 외로움 대신 자유로운 상상을 가져다주었다. 난 무엇에도 부족하지 않았고 가정형편이나 아버지의 반대로 늘 포기해야 했지만 지금이라도 시작하고 꿈꿀 수 있어 기쁘다.

친애하는 나의 친구들, 선생님들, 그리고 우리 엄마, 아빠, 언니, 오빠, 나를 키워 주신 외할머니, 엄마를 힘들게 하고 치매까지 걸린 우리 할머니, 무섭던 외할아버지, 먼 친척분들. 모두 모두 고맙습니다. 사랑합니다. 오래도록 행복하시기만을 바랍니다.

글 권지영

문예창작학과에서 글을 짓는 다양한 쓰기를 배우고 언어문화학과에서 문학과 문화를 공부했습니다. 그동안 지은 책으로는 《붉은 재즈가 퍼지는 시간》, 《누군가 두고 간 슬픔》, 《아름다워서 슬픈 말들》, 《당신, 잘 있나요》, 《제주 많은 내 친구》, 《방귀차가 달려간다》, 《비밀의 숲》, 《달보드레한 맛이 입안 가득》, 《세상에서 가장 소중한 너에게》, 《전설의 달떡》, 《하루 15분 초등 문해력》, 《푸른 잎 그늘》, 《행복》, 《천 개의 생각 만 개의 마음; 그리고 당신》, 《노란 나비의 꿈》 등이 있습니다.

그림 이선주

시각디자인을 전공하고 일러스트레이터로 일하고 있습니다. 다양한 감정을 그림에 담는 작가가 되기 위해 노력 중입니다. 쓰고 그린 책으로는 《이런, 개복치》가 있습니다. 그린 책으로는 《Yummy colors》, 《1학년 스토리텔링 과학 동화》, 《쓱쓱 그려봐》, 《Three little monkeys》, 《악어 룰라》, 《CD PLAY 사운드 북 인기 동요》, 《재미있고 빠른 읽기 떼는 동화 가나다》, 《잠자리 탐험 북》, 《초록별에서》, 《노는 물을 바꿔라》 등이 있습니다.

너에게 하고픈 말

1판 1쇄 2022년 3월 27일
1판 2쇄 2023년 6월 8일

글 권지영 그림 이선주

펴낸이 모계영 펴낸곳 가치창조 출판등록 제406-2012-000041호
주소 경기도 고양시 일산동구 중앙로 1347 쌍용플래티넘오피스텔 228호
전화 070-7733-3227 팩스 031-916-2375 이메일 shwimbook@hanmail.net
ISBN 978-89-6301-267-4 43810

가치창조 공식 블로그 http://blog.naver.com/gachi2012
단비청소년은 가치창조 출판그룹의 청소년책 전문 브랜드입니다.